Les vacances de l'angoisse

Biographie

R. L. Stine est né en 1943 à Colombus aux États-Unis. À ses débuts, il écrit des livres interactifs et des livres d'humour. Puis il devient l'auteur préféré des adolescents avec ses livres à suspense. Il reçoit plus de 400 lettres par semaine ! Il faut dire que, pour les distraire, il n'hésite pas à écrire des histoires plus fantastiques les unes que les autres. R. L. Stine habite New York avec son épouse Jane et leur fils Matt.

R. L. Stine

Chair de poule®

Les vacances de l'angoisse

Traduit de l'américain
par Yannick Surcouf

Dixième édition

bayard jeunesse

Titre original
Strangers in the wood
Tales to give you Goosebumps — special edition 1
Shell Shocker
The Cat's Tale
P.S. Don't write back
More Tales to give you Goosebumps — special edition 2
For the birds
Even more Tales to give you Goosebumps — special edition 3

Loi n° 49956 du 16 juillet 1949 sur les publications destinées à la jeunesse
Dépôt légal : octobre 2011

ISBN : 978-2-7470-3899-7

Avertissement

Que tu aimes déjà les livres ou que tu les découvres, si tu as envie d'avoir peur, Chair de poule est pour toi.

Attention, lecteur !

Tu vas pénétrer dans un monde étrange où le mystère et l'angoisse te donnent rendez-vous pour te faire frissonner de peur… et de plaisir !

Traquenard sur la plage

1

– Oh non ! Laisse-le-moi ! hurla Tara Bennett à Tommy, son petit frère.

Elle bondit de sa serviette et fonça vers la mer. Tommy venait de trouver un coquillage sur le sable, et il le rinçait dans les vagues.

– Donne-le-moi ! lui ordonna-t-elle en le lui arrachant des mains d'un geste rageur. C'est pour ma collection ! La plus belle collection de coquillages du monde !

– C'est pas juste, Tara ! gémit Tommy. Je l'ai vu le premier.

– C'est pas juste ! répéta Tara en imitant la mine boudeuse de son petit frère.

La fillette plissa les paupières et lâcha sur un ton dédaigneux :

– Tu n'es qu'un bébé !

Tara porta le coquillage devant ses yeux et admira les courbes délicates de sa spirale. Il scintillait comme un joyau sous le soleil de cette fin de journée.

– C'est le plus beau coquillage que j'aie jamais vu, commenta-t-elle avec fierté. Mes copines seront malades de jalousie quand je le leur montrerai. Tara ferma les yeux et s'imagina le jour de la rentrée. Grâce à cette trouvaille, elle allait remporter le concours de sciences naturelles. Les élèves de sa classe en seraient verts d'envie. Cette pensée lui arracha un sourire réjoui.

– Tu me le prêtes ? demanda doucement Tommy.

– Pas question ! trancha-t-elle. Tu n'as même pas le droit de le regarder sans ma permission !

Sur ces gracieuses paroles, elle partit le long de la plage pour s'éloigner de son ennuyeux petit frère. Elle marcha un peu, puis elle s'assit sur le sable pour contempler son nouveau trésor.

– Il est magnifique, souffla-t-elle en le faisant tourner entre ses doigts. Et il est à moi. Pas à Tommy. À moi !

Dès que son frère trouvait un coquillage, il le collait à son oreille. Il prétendait qu'on pouvait entendre la mer.

« Ridicule ! songea Tara. Tommy n'est qu'un idiot. Tout le monde sait que ce n'est pas vrai : ce n'est pas la mer qu'on entend, c'est l'air, tout simplement ! » Et, pour confirmer ses pensées, elle porta le coquillage à son oreille.

– Beuh ! s'écria-t-elle avec dégoût.

Un morceau d'algue verte avait glissé sur sa joue. Tara s'en débarrassa d'un revers de main et remit le coquillage contre son oreille.

– Aidez-moi ! appela une petite voix caverneuse qui semblait venir des profondeurs.

Tara poussa un cri de surprise et lâcha le coquillage comme s'il l'avait mordue.

2

– Qui… qui a parlé ? bredouilla-t-elle en contemplant la conque à ses pieds.

Elle se retourna vivement, s'attendant à découvrir le visage hilare de Tommy, ravi de sa bonne blague. Personne. Elle était seule dans ce coin de la plage. Tara se leva et s'éloigna légèrement du coquillage. Elle l'observait d'un air soupçonneux.

– C'est toi qui as parlé ? murmura-t-elle.

« Ne sois pas stupide, se sermonna-t-elle aussitôt. Les coquillages ne parlent pas. »

Elle s'approcha de la conque et la poussa doucement du bout du pied. Elle roula sur quelques centimètres.

– Au secours !

Cette fois, la voix avait crié plus fort.

Tara cria elle aussi. Un frisson la parcourut malgré la chaleur du soleil estival. Elle replia ses bras sur sa poitrine et inspira profondément pour retrouver son calme.

– Qui est là ? demanda-t-elle sur un ton incertain.

– Je suis prisonnier ! répondit la petite voix. Aidez-moi !

– Non ! Impossible ! Ce n'est quand même pas ce coquillage qui me parle ?

Tara fut saisie de vertiges, et des gouttelettes de sueur perlèrent sur son front, mouillant ses longs cheveux blonds.

– Bien sûr que je te parle ! rétorqua la voix suraiguë. Je suis prisonnier ! Reprends-moi, je t'en supplie !

Tara hésitait. Elle s'allongea sur le sable et tenta de regarder à l'intérieur du coquillage. Apparemment, il était vide.

« Je dois savoir d'où vient cette voix, se dit-elle. Il le faut. »

Alors, elle s'empara doucement de la coquille.

– Je peux vous aider ? demanda-t-elle d'une voix tremblante.

– Conduis-moi à la caverne ! Aide-moi à m'échapper ! Tu dois me croire, je t'en prie ! Tara leva un sourcil. « Un coquillage qui parle, pensa-t-elle. Quelle chance extraordinaire ! »

La fillette le porta à ses yeux et esquissa un sourire narquois :

– Pourquoi devrais-je te libérer ? Tu es le premier coquillage parlant au monde. Tu imagines le succès que je vais avoir au concours de sciences nat' ! Je vais devenir célèbre grâce à toi. Les autres n'en croiront pas leurs oreilles ! Le prof sera sidéré ! Les gens paieront une fortune pour t'écouter ! Je te garde ! Tara entrevoyait déjà les fabuleuses possibilités qui s'offriraient à elle. Avant peu, elle aurait sa propre émission de télé : Tara et son merveilleux coquillage parlant !

– Si tu fais ça, je refuserai de parler en public, et personne ne te croira ! répliqua la petite voix. Écoute-moi plutôt. Il y a quelque chose à l'intérieur de la caverne qui te rendra vraiment riche et célèbre.

– Qu'est-ce que c'est ? demanda Tara en agitant le coquillage. Dis-le-moi !

– Il s'agit du plus gros coquillage du monde, lui apprit la voix.

Le plus gros coquillage du monde ? Tara prit un air faussement détaché :

– Vraiment ? Et comment je saurai où elle est, cette caverne ?

– Je te guiderai. Il faut longer la plage en direction du nord.

Tara jubilait. Elle allait être la plus célèbre collectionneuse du monde entier ! Tara, la reine des coquillages !

– D'accord, accepta-t-elle. Je vais te conduire à ta caverne.

– Ouais ! s'exclama la petite voix du fond de sa coquille.

Tara embrassa la plage du regard :

– Et mes parents ? Je dois les prévenir.

Elle les repéra dans la foule des estivants. Ils étaient allongés sous leur parasol rose fluo. Sa mère feuilletait une revue, et son père somnolait tranquillement.

– Sois sans crainte, ils ne s'apercevront pas de ton absence. Allons-y vite ! la pressa la voix.

Tara jeta un coup d'œil vers l'extrémité nord de la plage. Le soleil dessinait des ombres étranges sur les hautes falaises qui bordaient la baie dans le lointain. À cet endroit, de nombreux récifs balayés par les vagues affleuraient à la surface de l'eau.

– Je devrais demander à maman de m'accompagner, s'inquiéta Tara. Il n'y a pas de sauveteurs à cet endroit.

Un hurlement retentit à l'intérieur de la conque :

– Aide-moi ! Aide-moi… Maintenant !

3

– Entendu, je vais t'aider, trancha Tara avec une pointe d'agacement. Mais n'oublie pas ta promesse. Le plus gros coquillage du monde sera à moi.

Serrant la conque dans sa main, Tara se dirigea vers la falaise. Les cailloux de la plage lui piquaient douloureusement la plante des pieds. Qu'importe, elle était résolue à découvrir cette caverne… qui abritait la future pièce maîtresse de sa collection !

Elle marcha et marcha encore, pendant un temps qui lui parut interminable.

– On est bientôt arrivés ? gémit-elle.

– Continue ! ordonna la petite voix.

– Mes parents vont s'inquiéter, se plaignit Tara. Elle regarda en direction de l'océan. Le soleil semblait suspendu à l'horizon, tel un gros ballon rouge flottant à la surface des eaux.

– J'ai peur, moi ! maugréa Tara. Il n'y a personne, par ici.

Elle se retourna et tenta d'apercevoir sa famille.

Il lui sembla repérer le parasol rose et trois minuscules silhouettes, à l'autre bout de la plage.

– On est allés trop loin, protesta la fillette. Je veux rentrer !

– Nous sommes presque arrivés, assura la petite voix. Ce serait dommage de renoncer maintenant. Regarde sur ta droite... entre les rochers...

Tara scruta le pied de la falaise. Elle était là ! L'entrée de la caverne ! Juste devant elle !

– Enfin ! soupira-t-elle, soulagée.

Tara se précipita vers la bouche sombre qui s'ouvrait dans la roche. Sur le seuil, elle s'arrêta et écouta attentivement. Des hurlements stridents semblaient provenir des entrailles de la caverne.

– Qu'est-ce c'est ? s'alarma-t-elle.

– C'est le vent, affirma la petite voix. Vas-y, avance.

– Je ne suis pas rassurée, avoua Tara. Il fait noir à l'intérieur.

– Ne t'inquiète pas, tu n'as qu'à suivre mes instructions... Marche droit devant toi... et ne touche pas aux parois.

Tara prit une profonde inspiration et pénétra dans la caverne. Les ténèbres se refermèrent sur elle, et bientôt elle dut avancer en aveugle.

Le sol de la caverne était inégal et Tara trébuchait à chaque pas, ses bras tendus fouillant le vide devant elle.

Soudain, son pied heurta un gros caillou et elle perdit l'équilibre.

– Oh non ! hurla-t-elle, sentant qu'elle tombait.

Elle fouetta l'air de ses bras et parvint à se rattraper à la paroi rocheuse.

Un cri d'effroi s'étrangla dans sa gorge. Les murs étaient vivants. Ils palpitaient !

4

Des milliers de vers aquatiques tapissaient la paroi. Aussitôt, les créatures se collèrent à ses bras. Elle sentit qu'elles glissaient sur sa nuque.

D'instinct, Tara s'écarta de la roche. Le contact visqueux sur sa peau nue lui arracha une exclamation de dégoût, et elle lutta frénétiquement pour se débarrasser de ces créatures épouvantables.

– Je veux sortir ! hurla-t-elle, paniquée.

– Pas maintenant ! plaida la petite voix. Nous touchons au but. Tu dois me sauver. Ne veux-tu pas posséder le plus gros coquillage du monde ? Devenir riche et célèbre ?

Tara hésita. Elle sentait encore le contact répugnant des vers sur son corps, mais sa curiosité était si forte…

– Attends de le voir, reprit la voix sur un ton enjôleur. C'est une merveille. Tu ne peux pas imaginer une telle splendeur.

« Oh que si ! songea Tara. Le plus beau

coquillage du monde… Et il sera à moi ! Rien qu'à moi ! »

– J'espère qu'il en vaut la peine ! maugréa-t-elle.

– Je te le promets, répondit la voix. Attends de le voir…

Tara poussa un profond soupir et reprit sa progression. À petits pas incertains, elle s'enfonçait au plus profond de la caverne obscure.

– C'est bien, l'encouragea la voix. Nous y sommes presque.

Tara poursuivit son chemin, retenant son souffle. Plus question de revenir en arrière, à présent. Elle voulait absolument découvrir ce merveilleux coquillage, le posséder enfin.

CRAC ! CRAC ! CRAC !

Quelque chose venait de se briser sous les pas de Tara.

– Qu'est-ce que c'est ? s'alarma-t-elle. Sur quoi suis-je en train de marcher ?

La lueur diffuse qui diluait un peu les ténèbres ne lui permettait pas de voir ce qu'elle avait piétiné.

– Ce n'est rien, la rassura la petite voix. Continue d'avancer, et prends garde où tu poses les pieds.

Tara obéit, mais, bientôt, elle perçut de nouveaux craquements, et un objet pointu se ficha entre ses orteils.

– Aïe ! Ça fait mal ! gémit Tara. Je veux savoir sur quoi je marche !

Elle se retourna brusquement et dérapa sur le sol instable.

– Attention ! hurla la voix. Tu vas tomber !

Trop tard ! Tara venait de s'effondrer sur un épais tapis de pierres blanches aux arêtes coupantes. Elle cria de douleur quand les pointes lui écorchèrent la peau.

Tara examina les pierres de plus près et poussa un hurlement strident. Ses cris horrifiés se répercutèrent en écho contre les parois de la caverne.

Ce n'étaient pas des pierres, mais des os. Le sol était jonché d'ossements.

5

– J'en ai assez ! s'écria-t-elle. Je veux sortir d'ici ! Tu peux le garder, ton super coquillage !

– Non, ne pars pas, plaida la petite voix. Tu n'as rien à craindre.

– Rien à craindre ? protesta Tara. Le sol est tapissé d'os !

– Ce sont des arêtes et des os de seiche, que la marée a déposés dans la grotte.

Tara contempla un instant les débris blancs sur le sol. Ils étaient grands, pour des arêtes !

– On trouve de très gros poissons par ici, expliqua la petite voix. Mais ils ne sont pas aussi gros que le coquillage.

– Vraiment ? demanda Tara, les yeux brillants de convoitise.

Elle porta le coquillage devant ses yeux et le secoua énergiquement.

– Dis-moi où il se trouve ! ordonna-t-elle. Dis-le maintenant, ou tu resteras à jamais prisonnier. Je veux savoir où il se trouve !

– Il est tout près d'ici, Tara, murmura la petite voix. Tourne à l'angle de ce passage, et tu le découvriras.

Tara poussa un soupir satisfait. Le plus gros coquillage du monde serait bientôt à elle !

Elle s'avança jusqu'à l'endroit où le couloir formait un coude et s'immobilisa, tous ses sens aux aguets. BONG ! BONG ! BONG !

Un bruit sourd s'élevait des profondeurs de la grotte. On aurait dit les battements d'un cœur gigantesque.

– Que… qu'est-ce que c'est ? bredouilla-t-elle avec inquiétude.

– C'est le fracas des vagues qui entrent dans la caverne, répondit la voix. Fais vite ! Tu dois emporter le coquillage avant que la marée ait tout recouvert ! Tremblant de tous ses membres, Tara marcha lentement vers le fond de la grotte. À mesure qu'elle progressait, les pulsations s'amplifiaient. Tara serra nerveusement le coquillage au creux de son poing. Un rai de lumière filtrait du plafond. Tara avança dans sa direction… Et elle le découvrit enfin. Le plus gros coquillage du monde !

Elle ouvrit de grands yeux émerveillés.

La conque remplissait la totalité de la caverne, et sa spirale effilée touchait la voûte. La nacre aux reflets roses scintillait sous le rayon de lumière. Il était si imposant et si beau que Tara en eut le souffle coupé. Sa forme était parfaite, identique en tout point à celle du petit coquillage que Tara transportait.

– C'est le plus gros et le plus beau coquillage du monde entier, souffla-t-elle, médusée.

– Je te l'avais bien dit, répondit la petite voix.

Tara se précipita et le serra contre elle. Il était si gros que ses bras ne parvenaient pas à en faire le tour. Elle caressa doucement les courbes nacrées et leva les yeux vers la spirale effilée aux courbes parfaites.

« Je viens de découvrir le plus beau coquillage de tous les temps, songea-t-elle, ravie. Je serai riche et célèbre. Je vais devenir la plus grande collectionneuse de l'univers. Tout le monde sera jaloux ! »

– J'ai omis un petit détail, susurra bientôt la voix. La plus grosse coquille du monde abrite… le plus gros bernard-l'ermite de l'univers.

À ces mots, la coquille se souleva, bascula sur le côté et une créature hideuse en sortit.

Tara n'avait jamais encore vu un monstre aussi… monstrueux ! De petits yeux écarlates oscillaient au bout de deux longues antennes. Ses mandibules verdâtres bougeaient en cadence, produisant des bruits de succion dégoûtants.

Mais le plus effrayant, c'était sans doute ses deux pinces, aiguisées comme des ciseaux.

La créature les déploya d'un mouvement brusque ; et elles claquèrent dans le vide, à quelques centimètres de la tête de Tara.

Les hurlements paniqués de la fillette résonnèrent dans la grotte. Elle voulut fuir. Trop tard…

Les pinces gigantesques la soulevaient déjà vers le sommet de la caverne.

– Au secours ! hurla Tara. À l'aide !

La petite voix éclata de rire.

– À l'aide ! À l'aide ! se moqua-t-elle.

Le sang de la fillette se mit à cogner à ses tempes quand elle aperçut une bave gluante suinter des mâchoires du monstre.

Tara leva les bras et lâcha le petit coquillage. Il tomba au sol et roula sur quelques centimètres.

– Tu as vu, maman ? J'en ai attrapé une nouvelle ! lança fièrement la petite voix. Bon appétit !

Tara poussa un dernier cri quand les pinces monstrueuses se refermèrent sur elle comme un étau.

FIN

Oiseaux de malheur

1

– Nous y sommes ! annonça joyeusement mon père. Quel plaisir d'être enfin en vacances !

« Tu parles de vacances ! » grommelai-je, peu convaincu par l'enthousiasme paternel.

Nous sortîmes tous de la voiture. Après ces longues heures de route, nous avions tous hâte de nous dégourdir les jambes. Je m'étirai et regardai l'hôtel. Quel taudis ! On aurait dit la cabane en rondins de *La petite maison dans la prairie*. En plus délabré. Un panneau en bois pendait au-dessus de la porte. On pouvait y lire :

BIENVENUE AU REFUGE DES OISEAUX

« Ils auraient dû écrire "Bienvenue au refuge des cervelles de moineau !" songeai-je. Il faut être fou pour venir ici de son plein gré ! »

Ma mère, ravie, s'accrocha au bras de mon père et roucoula :

– Oh ! Henry ! Comme cet endroit est romantique ! Romantique ? D'accord, à douze ans, je ne suis peut-être pas le mieux placé pour parler de romantisme, mais ce n'est pas le premier mot qui m'ait traversé l'esprit. Moi, j'aurais plutôt dit : catastrophique.

– On ne pouvait pas aller dans un vrai hôtel ? me lamentai-je pour la centième fois.

Mais mes parents étaient trop occupés à se bécoter pour me répondre. Ils sont toujours comme ça, quand c'est leur anniversaire de mariage. Et ce jour-là, manque de pot, c'était justement leur anniversaire de mariage.

– Bouge-toi un peu, Kim ! grogna Ben, mon grand frère.

Il portait son T-shirt préféré, celui où est inscrite cette phrase qui m'exaspère : « Tant d'oiseaux, et si peu de temps pour les admirer tous ! »

Vous y croyez, vous ? Un ado de quinze ans passionné d'ornithologie !

– Ouais, bouge-toi un peu, Kim, répéta en écho Andy, mon autre frère. Je veux faire quelques observations avant ce soir.

Andy a treize ans. Ses yeux sont dissimulés par une longue mèche de cheveux, si bien qu'on ne sait jamais s'il vous regarde ou pas.

Si vous voulez mon avis, quand on a vu un oiseau, on les a tous vus. Un volatile, c'est un volatile, qu'il s'agisse d'un pigeon, d'une tourterelle, d'un passereau, d'un faucon crécerelle ou même d'une poule.

Hélas pour moi, je suis né dans une famille d'ornithologues, qui passent leur temps dans les bois, les jumelles collées aux yeux. Et si jamais ils repèrent une espèce digne d'être notée sur leurs carnets, ils deviennent dingues.

Je ne ferai qu'un commentaire : c'est pitoyable.

Et voilà que nous allions passer une semaine entière dans ce refuge paumé, à observer des oiseaux et à ne causer que de ça. J'étais malade rien que d'y penser !

Je soulevai ma valise et m'engageai dans l'allée de graviers qui menait à l'hôtel.

Les massifs qui bordaient l'allée étaient taillés en forme... d'oiseaux. Je passai ainsi devant un gros pigeon, puis je croisai un aigle, et un canard haut de deux mètres.

– Je vais devenir dingue ! soupirai-je.

Personne ne me répondit. Je suppose qu'ils en avaient assez de mes plaintes. Mais qu'allais-je faire, moi, pendant qu'ils se cacheraient dans les arbres pour admirer leurs bestioles ?

– Regardez ! s'exclama soudain Andy comme nous atteignions l'entrée. Un couple de grands-ducs.

– Tu plaisantes ? pouffa Ben. Ce sont des chouettes effraies.

– Des chouettes, en plein jour ? m'étonnai-je. Où ça ?

– Devant toi, espèce d'idiot, me lança Ben en désignant l'entrée.

C'est alors que je repérai les arbustes en forme de hiboux qui flanquaient la porte de l'hôtel. Décidément, j'étais cerné.

– Nous sommes les Peterson, expliqua mon père au gros bonhomme jovial qui se trouvait derrière le comptoir de la réception.

– Je vous attendais, répondit l'homme avec un grand sourire. Je suis M. Plume.

« M. Plume ? songeai-je avec une grimace. Pitié, dites-moi que je rêve. »

M. Plume fixa mes parents tour à tour avec ses petits yeux d'oiseau :

– Monsieur et Madame Peterson, je vous ai donné la suite des Inséparables.

Il consulta rapidement son registre :

– Pour vos aînés, j'ai une chambre double au deuxième étage, dans l'aile des Oiseaux moqueurs. Et toi, lâcha-t-il en levant les yeux vers moi, tu seras dans le nid du Coucou.

– Ha, ha ! Kim le coucou ! s'esclaffèrent ensemble Ben et Andy.

Je foudroyai M. Plume du regard, mais il fit semblant de ne rien remarquer.

– Suivez-moi, dit-il. Je vais vous montrer vos chambres.

Toute la famille traversa le hall en direction de la suite des Inséparables.

– Les portes-fenêtres donnent sur une terrasse avec une balancelle, annonça M. Plume d'une voix qui dégoulinait de bonheur. Voulez-vous la voir maintenant ?

Mes parents ne lui répondirent pas : ils étaient en train de s'embrasser.

M. Plume s'éclaircit la gorge, et ma mère rit, un peu gênée.

– Nous la visiterons plus tard, dit-elle. Montrez-nous donc les chambres des enfants.

Nous montâmes à l'étage. À peine arrivés dans leur chambre, Ben et Andy ouvrirent leurs sacs à dos et s'emparèrent de leurs jumelles. Ils foncèrent dehors, décidés à commencer leurs observations sans perdre une minute.

– Maintenant, nous aurons le plaisir de découvrir le nid du Coucou, annonça M. Plume.

– Parle pour toi, marmonnai-je entre les dents.

Mes parents et moi suivîmes M. Plume. Il nous guida le long d'un couloir qui me parut interminable. Accaparé par ma bouderie, je ne remarquai pas tout de suite le calme inhabituel qui régnait dans ce lieu. Ce dont je suis sûr, c'est que nous ne croisâmes aucun autre client en chemin.

– Où se trouve ma chambre ? demandai-je au bout de quelque temps.

– Nous y sommes presque, sifflota M. Plume.

Finalement, il ouvrit une porte au fond du couloir.

– Oh ! Comme c'est original ! s'exclama ma mère en pénétrant dans la chambre.

Elle avait trouvé le mot juste. Le nid du Coucou était minuscule… et la pièce était circulaire.

– Mais… vous… vous êtes sûr ? balbutiai-je. C'est un peu loin des autres.

– Allons, Kim ! protesta ma mère. C'est un adorable petit nid ! Quelle chance de dormir dans une tour !

– Je t'en prie, grognai-je, exaspéré. Arrête d'employer des termes qui se rapportent aux oiseaux ! J'en ai marre, des oiseaux ! Je ne les supporte plus ! M. Plume leva un sourcil, surpris par ce mouvement d'humeur.

Pendant ce temps, mon père s'était approché de la fenêtre.

– Quel panorama superbe, Kim ! s'exclama-t-il. Cette chambre donne directement sur le fameux labyrinthe de l'Oiseau moqueur !

Je rejoignis mon père. Le labyrinthe ressemblait à ceux que l'on trouve dans les revues de jeux. À ce détail près que les parois étaient constituées par des haies hautes de trois mètres. Il se déployait en cercles concentriques et semblait receler des dizaines de culs-de-sac.

« Ouh ! Je n'aimerais pas me perdre là-dedans », songeai-je.

– Regardez ! m'exclamai-je soudain. Ben et Andy se dirigent vers le labyrinthe !

M. Plume fronça les sourcils :

– Vous devriez attendre demain avant de l'essayer, dit-il. Il faut une bonne journée pour l'explorer à fond.

– Et si tu sortais prendre l'air, Kim ? suggéra mon père. Ta mère et moi, nous allons défaire nos valises. Sortir ? Plutôt mourir, oui ! Dehors, c'était rempli d'oiseaux !

2

Mais, à vrai dire, ça ne me disait rien non plus de croupir dans ma petite chambre ronde, perdue au fond de cette bicoque silencieuse. Je redescendis donc dans le hall et en fis le tour, dans l'espoir de rencontrer un garçon de mon âge, ou de découvrir une salle de jeux, ou encore une télé.

Mais rien de tel : l'endroit était désert. « En pleines vacances scolaires, c'est étrange qu'il n'y ait pas d'autres clients, me dis-je. Enfin ! Pour venir ici, il faut vraiment être passionné par les volatiles… » Faute de mieux, je m'affalai dans un canapé, dans une pièce proche du comptoir de l'accueil. Ça devait être une sorte de salle d'attente. Je restai un long moment à contempler bêtement la grande cheminée en pierre. Les murs étaient décorés d'oiseaux empaillés. Il y avait des faisans, des canards et des chouettes. Beurk !

Je me levai et allai vers la table basse pour saisir une revue. Je me laissai ensuite tomber de tout mon poids dans un profond fauteuil.

– Ouille ! m'écriai-je, tandis qu'une violente douleur me parcourait le dos.

Je me redressai d'un bond, imaginant qu'un gigantesque oiseau de proie m'avait planté son bec acéré dans le corps.

Mais, en me retournant, je vis qu'il s'agissait d'un sécateur. Je venais de m'asseoir sur un énorme sécateur ! Je m'en saisis pour l'examiner.

À cet instant, M. Plume pénétra dans la pièce. Un large sourire éclaira son visage. Il se précipita sur moi.

– Tu l'as ! s'exclama-t-il. Oh, merci ! Je le cherchais partout !

– Je… je me suis assis dessus, bredouillai-je en lui tendant l'objet. J'aurais pu… j'aurais pu me blesser.

– Je suis ravi que tu l'aies retrouvé, Kim, poursuivit-il, sans tenir compte de ma dernière remarque. Je te dois une faveur !

– C'est inutile, lançai-je, pressé de mettre fin à cette conversation.

Son visage devint sérieux, presque grave.

– Je te dois une faveur, répéta-t-il. Je suppose que tu aimerais te venger…

– Pardon ? dis-je, pensant avoir mal entendu.

– Te venger de ta famille, qui t'a obligé à venir ici, reprit-il, de nouveau jovial.

– Euh… non, ça va, répondis-je sur un ton incertain. Je m'amuse bien. À plus…

Je me précipitai hors de la pièce. Une vengeance ?

Bien sûr, la passion de mes deux frères et de mes parents pour les oiseaux m'agaçait souvent, mais de là à me venger… Qu'avait-il voulu dire ? Je haussai les épaules. Il était comme ma famille : amateur d'oiseaux et légèrement frappadingue.

Plus tard dans la soirée, nous dînâmes au restaurant de la pension. J'espérais encore apercevoir d'autres garçons de mon âge, et pas seulement des fanatiques de faucons pèlerins et autres espèces emplumées. Mais non, nous étions seuls dans la salle. Ni mes parents ni mes frères ne parurent le remarquer.

M. Plume nous servit lui-même les plats. Était-ce lui aussi qui avait fait la cuisine ? Était-il le seul à travailler ici ? Je commençais à le croire.

Andy et Ben étaient terriblement excités. Ils étaient intarissables sur les nombreux oiseaux qu'ils avaient déjà observés.

– Il y en a des milliers ! s'enthousiasma Andy.

– Des millions ! rectifia Ben.

Ils avaient hâte d'être au lendemain, pour que nous puissions explorer en famille le labyrinthe de l'Oiseau moqueur. Je soupirai discrètement. Je ne m'étais jamais autant ennuyé de toute mon existence !

Après dîner, je gagnai ma chambre et tentai de m'endormir. Je me tournai et me retournai sous mes couvertures pendant des heures. Rien à faire : il était impossible de trouver le sommeil dans le nid du Coucou.

Je fermais les yeux, écoutais le vent qui sifflait dans les arbres… Bientôt, les rafales se firent plus violentes, et je perçus comme des claquements, dehors. « C'est sûrement les volets », me dis-je pour me rassurer.

Soudain, un cri strident déchira la nuit. Je me dressai d'un bloc et regardai autour de moi. La lune nimbait la pièce d'un halo argenté. Et des dizaines de petites ombres voletaient partout, sur les murs, sur le sol et sur mon lit.

Surpris, je bondis hors du lit et m'approchai de la fenêtre.

Je sursautai, saisi d'angoisse : des milliers d'oiseaux masquaient la lumière de la lune ! Ils volaient autour de ma tourelle et s'attardaient devant ma fenêtre en poussant des piaillements perçants.

Tout à coup, un énorme corbeau vint se poser sur le rebord de ma fenêtre. Il me contempla un instant de ses yeux ronds d'un noir insondable, et il se mit à cogner du bec contre la vitre.

J'eus aussitôt le sentiment qu'il voulait me dire quelque chose. C'était une pensée étrange, mais pas plus étrange que la scène qui se déroulait devant moi. Pourquoi ces oiseaux volaient-ils ainsi en pleine nuit ? Pourquoi formaient-ils un cercle là, juste devant ma fenêtre ? À quoi rimaient leurs cris insistants ? J'avais l'impression qu'ils cherchaient à communiquer avec moi.

Tout frissonnant, je tirai les rideaux et courus me blottir sous les couvertures.

3

Le lendemain matin, Andy et Ben me réveillèrent aux aurores. Toute la famille allait explorer le labyrinthe de l'Oiseau moqueur.

– Pourquoi pas ? dis-je en étouffant un bâillement. De toute manière, il n'y a rien d'autre à faire ici.

J'aurais dû me montrer plus enthousiaste, mais c'était impossible.

Nous avalâmes rapidement notre petit déjeuner. Puis, munis de carnets de notes, de livres de référence et de paires de jumelles, nous partîmes dans le matin gris. Le soleil n'avait pas encore dépassé la cime des arbres et l'herbe scintillait de rosée.

« Mais qu'est-ce qu'ils peuvent bien trouver aux oiseaux ? me demandai-je en secouant la tête. Je déteste ces bêtes-là ! »

À notre grande surprise, nous croisâmes M. Plume à l'entrée du labyrinthe. Il portait un bleu de travail et était armé de son sécateur. Sa face était rouge et couverte de sueur. Il devait élaguer les massifs depuis quelque temps déjà.

– Bonjour, tout le monde ! lança-t-il joyeusement. J'espère que vous apprécierez le labyrinthe. Il y a beaucoup à voir… et de nombreuses surprises vous y attendent.

Il discuta avec mes parents pendant quelques minutes. Ben et Andy en profitèrent pour me titiller.

– Ha, ha ! Kim le coucou ! criaient-ils en me poussant contre les buissons.

Ils se croyaient sûrement très drôles avec leurs blagues débiles.

Nous entrâmes enfin dans le labyrinthe. Les massifs hauts de trois mètres projetaient des ombres noires sur le chemin. Je me sentis totalement perdu. Au bout de dix pas à peine, nous nous arrêtâmes net, abasourdis.

– Hé ! Qu'est-ce que c'est que ça ? m'exclamai-je. Un imposant massif d'arbustes se dressait devant nous. Il avait été taillé de manière à représenter cinq personnes. Et ces cinq personnes, c'était nous !

– Monsieur Plume ! appela mon père. Qu'est-ce que ça signifie ?

Nous nous retournâmes vers l'entrée du labyrinthe. M. Plume était encore là. Il agita son sécateur :

– Cela fait partie du programme ! Ne vous inquiétez pas !

Et il disparut.

– Drôle d'oiseau ! commenta mon père en secouant la tête.

– Papa, je t'en prie ! lâchai-je en gémissant. Arrête de parler d'oiseaux !

Nous restâmes quelques instants à regarder la sculpture. Je ne saurais pas dire pourquoi, mais elle me donnait la chair de poule. Pourquoi nous avait-il représentés ? Et que voulait-il dire par : « Cela fait partie du programme » ?

Ces questions me hantaient tandis que nous progressions dans le dédale. Pendant ce temps, ma famille s'extasiait devant les oiseaux. Il y en avait des centaines, de toutes les espèces, qui criaient à tue-tête sur notre passage.

Je fus bientôt obligé de me couvrir les oreilles. Le vacarme était assourdissant !

« Ils cherchent à nous parler. » Cette pensée s'était de nouveau imposée à moi. « C'est stupide », tentai-je de me convaincre en la chassant de mon esprit.

Grossière erreur ! J'aurais dû rester sur mes gardes, à l'écoute de cette peur diffuse qui m'accompagnait depuis que nous étions entrés dans le labyrinthe. Hélas, il était déjà trop tard.

Nous pénétrâmes dans un petit tunnel, qui déboucha un peu plus loin dans une salle circulaire. Elle était surmontée d'un dôme, et ses parois étaient formées de barreaux métalliques.

Il nous fallut quelques secondes avant de nous rendre compte que nous étions dans une cage. Une gigantesque cage à oiseaux.

– C'est extraordinaire ! s'exclama Andy.

– Ce labyrinthe est génial, approuva Ben.

Alors, la porte de la cage se referma derrière nous dans un grincement sinistre.

4

Le sourire d'Andy disparut aussitôt.

– Hé ! protesta-t-il. Comment on fait pour sortir ?

– Vous pouvez toujours vous envoler, dit une voix.

M. Plume venait d'apparaître derrière les barreaux de la porte.

– Quoi ? Que voulez-vous dire ? s'alarma ma mère en serrant le bras de mon père. Que se passe-t-il, Monsieur Plume ?

– Cela fait partie du programme, annonça-t-il calmement. C'est le programme. Je veux que vous soyez des oiseaux très heureux.

– Quoi ? Des oiseaux ? m'écriai-je.

– C'est un vieux sortilège très puissant, poursuivit M. Plume, le regard brillant. C'est facile. Très facile. Il suffit de bien tailler le massif. Maintenant, vous allez rejoindre vos amis ailés. Vous serez bien, ici. Je veux que vous soyez heureux.

Sans même nous laisser le temps de protester,

M. Plume pointa son sécateur vers mes parents et sectionna le vide deux fois de suite.

Clic ! Clac !

Je poussai un hurlement d'effroi.

Mon père et ma mère devinrent flous. Dans la seconde suivante, deux petites formes prirent leur vol et allèrent se heurter contre les barreaux de la cage.

– Je les ai transformés en inséparables, lança M. Plume avec enthousiasme. Désormais, ils seront très heureux.

– Nooooon !

Un autre cri s'étrangla dans ma gorge. Les ciseaux du sécateur venaient de se refermer deux fois devant mes frères.

Mon esprit refusait de croire ce que je voyais. Pourtant, c'était là, devant mes yeux. Ben et Andy étaient devenus deux oiseaux, piaillant et voletant dans l'espace clos de la cage.

– Ce sont des oiseaux moqueurs, m'apprit M. Plume. Ils vont adorer cela !

Il se tourna vers moi, une lueur démente dans le regard.

– Non ! suppliai-je. Pas en oiseau ! Par pitié, ne me changez pas en oiseau !

Il me sourit :

– Bien sûr que non, Kim ! Je te dois une faveur. Je sais bien que tu détestes les oiseaux. N'est-ce pas ?

– Non, s'il vous plaît... s'il vous plaît, bredouillai-je, pétrifié de terreur.

– Je vais t'aider à te venger, poursuivit-il. Je te l'avais promis...

– Non, pitié ! suppliai-je. S'il vous plaît !

Ma famille voletait dans la cage et se heurtait aux barreaux avec des piaillements suraigus, cherchant à s'échapper.

– Je veux que tu sois heureux, toi aussi, Kim, dit M. Plume en tournant ses ciseaux vers moi.

Il les fit claquer deux fois, et me transforma à mon tour.

Pendant deux secondes, tout fut noir. Quand je pus voir de nouveau, je baissai les yeux sur mon corps...

Des poils soyeux... des griffes...

M. Plume venait de me changer... en chat.

FIN

Une vie de chat

1

– Descends, Maria ! m'appela Scott, mon petit frère. On se raconte des histoires de fantômes !

– Non merci !

Je me bouchai les oreilles tandis qu'éclatait un nouveau coup de tonnerre. En ville, les orages n'étaient pas aussi violents. Mais ici, en pleine campagne, la foudre tombait si près que la maison tremblait sur ses fondations.

L'année dernière, à l'approche de mon douzième anniversaire, mes parents avaient décidé qu'il serait plus sain pour mon frère et moi d'habiter à la campagne. C'est ainsi que nous quittâmes New York pour venir ici, à River Falls.

Scott adore cette vieille maison entourée d'un grand jardin. Pas moi. New York me manque : son flot incessant de taxis, les promenades dans Central Park… Et ce qui me manque surtout, ce sont les amis que j'ai laissés là-bas

Les branches des arbres, balayées par le vent,

fouettaient la façade près de ma fenêtre. Le bruit me fit songer aussitôt à des griffes de spectres cherchant à s'introduire dans ma chambre.

Je ne suis pas du genre poule mouillée. Et je n'ai pas vraiment peur de l'orage. Mais je préfère quand il fait beau.

La lumière s'éteignit soudain, et je poussai un cri. Des éclairs illuminèrent ma chambre, projetant des ombres inquiétantes sur les murs.

Je sortis dans le couloir. En bas, ma famille continuait de raconter des histoires de fantômes. En pleine obscurité ! Pas question de les rejoindre.

Je regagnais ma chambre en tâtonnant quand une brusque rafale de vent vint ébranler la façade. Ma fenêtre s'ouvrit en grand, et mes rideaux volèrent dans la pièce, gonflés par la bourrasque. Je me précipitai pour la refermer quand une chose velue et toute trempée fondit sur moi. Elle me heurta violemment la poitrine, me propulsant en arrière.

Je sentis alors des griffes acérées me déchirer la peau.

Des cris suraigus se mêlèrent au fracas de la tempête, et deux yeux verts brillèrent dans l'obscurité. Un hurlement de terreur explosa dans ma gorge.

Alertés par le vacarme, mes parents surgirent dans ma chambre.

– Que se passe-t-il, Maria ? s'alarma mon père.

Il brandissait une lampe torche et la batte de baseball de Scott.

Mon frère courut fermer la fenêtre.

– Il y a une chose monstrueuse ! gémis-je, paniquée. Elle m'a sauté dessus !

2

– C’est ça, ton monstre ? demanda ma mère.

Mon père braqua le faisceau de la lampe sur elle. Elle tenait dans ses bras… un petit chat noir qui tremblait de peur.

– Il a dû se réfugier dans l’arbre pour échapper à l’orage, dit-elle en le caressant.

Le petit animal se laissait faire.

– Il n’est pas tatoué, remarqua ma mère.

– Miaou ! s’écria soudain une voix dans mon dos. Je tressautai.

– Arrête, Scott ! protestai-je. Ce n’est pas drôle.

Je pris le chaton dans mes bras

– Tu es en sécurité maintenant, murmurai-je.

Je me tournai vers mes parents :

– Je peux le garder ?

Ils échangèrent un regard incertain.

– C’est une grave responsabilité, tu sais, Marla, commença mon père.

– S'il te plaît, Papa ! plaidai-je. Il est tout seul. Il a besoin de moi. Et je n'ai pas d'amis, par ici.

– Nous en reparlerons demain matin, conclut ma mère. Il peut rester avec toi ce soir. Allons, Scott, c'est l'heure de dormir.

Je caressai doucement le chaton. L'orage s'était éloigné et une brume légère montait du sol.

– Je vais t'appeler Misty, lui dis-je. Ne t'inquiète pas, tu resteras avec moi toute ta vie.

Misty passa la nuit roulé en boule au pied de mon lit. Le lendemain matin, il fit une chose extraordinaire : il me suivit sous la douche !

Il ronronnait en se frottant contre mes jambes, nullement gêné par l'eau chaude qui lui tombait dessus. J'avais toujours cru que les chats détestaient se baigner et qu'ils se nettoyaient en léchant leur pelage. Apparemment, Misty était exceptionnel.

Quand je descendis à la cuisine pour le petit déjeuner, il me suivit. Nous étions mouillés tous les deux.

– Vous avez pris un bain ensemble ? demanda mon père.

Je lui souris, et le chaton répondit par un miaulement, révélant ses petites dents pointues.

À table, il fit rire tout le monde en essayant de manger mes œufs au plat.

– Le pauvre ! Il doit être affamé, dit ma mère. Elle lui donna une écuelle de lait et un peu de thon.

– Tu es gâté ! commenta-t-elle. Je ne sais pas si tu accepteras de manger des boîtes après cela.

Je sus alors que je pourrais le garder.

– J'ai une surprise pour vous, les enfants, annonça soudain ma mère. Je vous ai inscrits à la piscine. Vous pourrez y aller à vélo cette après-midi. Il y a plein d'enfants de votre âge là-bas.

– Génial ! s'exclama mon frère. En plus, c'est tout près ! Pas besoin de prendre un taxi, comme à New York !

Je regardai Scott en fronçant les sourcils. Un rien le satisfaisait. Quelques histoires de fantômes, une piscine à proximité. Moi, la grande ville me manquait toujours.

Mais, puisque j'étais condamnée à vivre ici, autant me faire des amis. Et puis, j'adorais me baigner. La chaleur devenait vite insupportable dans la journée. Je filai donc dans ma chambre pour prendre mon maillot de bain.

– Dépêche toi, Marla, ou je pars sans toi ! s'écria Scott, qui était déjà dans l'entrée.

– On se voit plus tard, Misty ! lançai-je.

Le chaton sauta sur mon bureau en poussant des miaulements déchirants, comme un bébé qui a perdu sa mère. Je le pris dans mes bras et tentai de le calmer.

– Je sais ce que tu ressens, lui dis-je doucement. Moi non plus, je n'aime pas être seule dans une nouvelle maison.

Je sortis sur le palier et appelai Scott :

– Pars sans moi ! Je reste ici avec Misty.

Le soir, Scott, enthousiaste, nous parla des enfants qu'il avait rencontrés. Je l'écoutai avec une pointe de jalousie. Moi, j'avais lu un livre pendant que Misty somnolait.

Je baissai les yeux vers lui. Blotti sur mes genoux, le chaton mangeait un petit morceau de saucisse que je lui avais donné. J'avais bien fait de rester : Misty avait besoin de moi.

Cette nuit-là, je rêvai de mon ancien quartier. Mes copains et moi, nous étions en train de pique-niquer sur les pelouses de Central Park. Soudain, alors que nous plaisantions, une force me souleva et je sentis une main puissante qui se plaquait sur mon visage. Je ne pouvais plus respirer !

3

Je me réveillai brusquement. J'étouffais toujours ! Misty s'était installé sur mon visage. Je tentai de le repousser. Rien à faire !

L'air vint à me manquer et je me sentis défaillir. Je luttai désespérément pour chasser Misty, qui pesait de tout son poids sur mon visage.

Finalement, je parvins à le saisir par le cou et l'écartai de moi. J'avalai une grande bouffée d'air et repris peu à peu mon souffle. Misty se tenait sur le lit et m'observait calmement.

Je le pris dans mes bras et descendis au salon. Mes parents regardaient une vidéo.

– Papa ! Maman ! m'écriai-je en entrant précipitamment dans la pièce. Misty a tenté de me tuer !

– Quoi ?

– Il… il s'est plaqué sur mon visage et il refusait de bouger ! Il a essayé de m'étouffer !

Ma mère prit le chaton et le caressa doucement.

– Il a dû avoir froid, dit-elle. Tu règles l'air conditionné à fond. Il voulait juste se réchauffer.

Elle avait peut-être raison. Mais, à partir de ce jour, ce chat commença à m'inquiéter.

Le lendemain, quand je voulus partir, Misty recommença son manège. Il miaula à fendre l'âme. Cette fois, je l'ignorai. Je refermai la porte derrière moi et montai sur ma bicyclette, direction la piscine.

L'endroit était génial, avec de grandes pelouses autour d'un bassin à ciel ouvert. Scott se débarrassa rapidement de son T-shirt et piqua une tête. Moi, je gravis lentement l'échelle qui menait au grand plongeoir.

Je contemplai un instant les eaux scintillantes en contrebas. Et sans trop savoir pourquoi, je n'eus plus envie de plonger. Je fis un pas en arrière.

– Alors, Maria ? appela mon frère, qui s'ébattait dans l'eau. Qu'est-ce que tu attends ?

J'allais lui répondre quand j'eus la sensation étrange de ne pas être seule sur le plongeoir. Avant que j'aie eu le temps de me retourner, quelque chose me griffa violemment le mollet.

Surprise, je poussai un cri de douleur et tombai dans la piscine.

L'eau froide s'infiltra dans mon nez et ma bouche. Prise de panique, je me mis à faire des mouvements désordonnés. Je n'arrivais plus à nager !

Je me sentis couler, comme attirée par le fond et bientôt, tout devint noir.

Quand je repris connaissance, j'étais entourée par une foule de gens. Ils félicitaient le maître-nageur qui avait plongé pour me ramener à la surface.

Il m'avait étendue sur une chaise longue, et avait appliqué une serviette sur mon mollet griffé.

– Ne bouge pas, me dit-il. J'appelle tes parents, et j'apporte des pansements.

Une tache écarlate souillait la serviette blanche. La coupure était profonde ! Qui avait bien pu m'entailler comme ça ? Le maître-nageur pestait contre le revêtement antidérapant du plongeoir, mais j'étais persuadée qu'il s'agissait d'autre chose.

Scott accourut alors vers moi. Je crus qu'il voulait s'assurer que j'allais bien. Au lieu de ça, il déposa Misty sur mes genoux :

– Maman t'a demandé de le laisser à la maison. Cet imbécile de chat t'a suivie jusque sur le plongeoir ! Ma stupéfaction était telle que je ne pus rien répondre. Ce chat me faisait peur. De plus en plus peur.

4

Mes parents arrivèrent bientôt à la piscine et me reconduisirent à la maison. Pour eux, je m'étais coupée sur une arête du plongeoir.

– Pour te remettre de toutes ces émotions, Marla, je t'ai préparé ton plat préféré, annonça ma mère. Des spaghettis bolognaise !

Je fis la moue. Cela ne me disait rien.

– Maman ? demandai-je. Il te reste un peu de cassolette de thon ? Et je prendrais bien un grand verre de lait.

Ma mère me regarda, surprise :

– Tu es sûre que ça va bien ? Ça ne te ressemble pas, de refuser ton plat favori. Surtout pour réclamer des restes !

Je passai une très mauvaise nuit. J'avais l'impression d'entendre des murmures, des voix qui chuchotaient à mon oreille. À mesure que les heures passaient, les soupirs se transformèrent en une comptine monotone et lancinante :

« J'ai neuf vies. Neuf... J'aurai ce corps quand je perdrai la neuvième. Cette vie est à moi et la mienne est à toi. »

J'eus beau scruter l'obscurité à la recherche d'une présence, il n'y avait personne. Personne à part Misty. Étais-je en train de devenir folle ?

Le chaton était tranquillement endormi au pied de mon lit. Était-ce lui qui avait parlé ?

Le lendemain, je retournai à la piscine, mais je n'avais pas l'intention de me baigner. Je préférai prendre part à une partie de volley sur la pelouse. D'ordinaire, je ne suis pas très forte en volley. Pourtant, là, je réussis à rattraper au vol quelques balles difficiles, assurant la victoire de mon équipe.

Après la partie, Sarah et Melissa, deux filles qui avaient joué avec moi, m'invitèrent à prendre une glace à la cafétéria. Nous nous installâmes autour d'une table dehors.

– Tu es une excellente joueuse ! m'assura Sarah. Tu pourrais rejoindre l'équipe du lycée. Tu es en quelle classe à la rentrée ?

– Euh... en quatrième, répondis-je, gênée.

– Oh ! Je te croyais plus vieille, commenta Melissa. Nous, on sera en seconde.

– Ahhhh ! Une souris ! s'écria brusquement Sarah en repliant ses jambes sur le banc.

Melissa l'imita en poussant des hurlements aigus. Une petite musaraigne venait de filer sous la table.

Je me penchai vivement et refermai ma main dessus.

– Je t'ai eue ! m'exclamai-je.

Je soulevai la musaraigne par la queue pour la porter à mes yeux. Melissa et Sarah me contemplaient d'un air horrifié.

– Arrête ! protesta Sarah. C'est dégoûtant !

– Pourquoi fais-tu ça, Marla ? cria Melissa en détournant la tête.

La musaraigne gigotait au bout de mes doigts. Je la jetai vers les buissons.

Pourquoi avais-je fait cela ? Je déteste pourtant les souris. Je m'étais comportée d'une manière stupide devant deux filles de seconde. Je me sentais ridicule. J'avais agi sans réfléchir, d'instinct… comme un chat !

« Cette vie est à moi et la mienne est à toi », chantonna la litanie dans ma tête.

En l'espace d'une seconde, tout devint clair.

Ma soudaine peur de l'eau, mes envies de cassolette de thon, la facilité avec laquelle j'avais attrapé cette musaraigne… Je commençais à réagir comme un chat !

Misty avait pris possession de mon esprit et, peu à peu, il s'emparait de mon corps.

« J'aurai ce corps quand je perdrai la neuvième. Cette vie est à moi, et la mienne est à toi. »

5

Je devais absolument réagir, trouver un plan. Je devais me débarrasser de Misty avant qu'il soit trop tard !

De retour à la maison, je pris le chat dans mes bras.

– On va faire une petite balade, lui annonçai-je en le déposant dans le panier, à l'avant de mon vélo.

Je me rendis en ville, au refuge pour animaux.

– Ne t'inquiète pas, me dit le responsable du refuge. Un aussi joli chaton trouvera vite un foyer !

Il passa un collier avec une étiquette autour du cou de Misty et le mit dans une grande cage avec d'autres chats.

Je pédalais gaiement sur le chemin du retour, soulagée. J'avais réussi ! Je m'étais débarrassée de Misty. Je n'avais plus à craindre pour ma vie.

Je garai mon vélo sur le côté du garage et me dirigeai d'un pas léger vers l'entrée.

Là, je me figeai, stupéfaite. Un chat noir aux yeux verts était assis sur seuil.

« Non, c'est impossible ! pensai-je. Ça ne peut pas être lui ! Je viens de le laisser au refuge ! Ils l'ont enfermé dans une cage ! »

Je m'approchai en tremblant et découvris le collier marqué à son nom. C'était bien Misty !

Comment avait-il pu se libérer et revenir avant moi ?

Cette nuit-là, je luttai contre le sommeil. Que comptait faire Misty maintenant ? J'étais étendue, immobile, dans la pénombre de ma chambre et cette comptine effrayante hantait de nouveau mon esprit.

« J'ai neuf vies. Neuf... J'aurai ce corps quand je perdrai la neuvième. Cette vie est à moi et la mienne est à toi. »

Je restai éveillée jusqu'à l'aube.

Quand apparurent les premières lueurs du jour, ma décision était prise.

J'allai chercher une cage que nous gardons à la cave. J'y poussai Misty et fermai la petite porte avec un solide cadenas. Cela fait, je me faufilai discrètement dans le garage.

« Cette fois, tu ne pourras pas t'échapper », pensai-je. Je déposai la cage sur la barre de mon vélo et pédalai de toutes mes forces jusqu'à la gare routière. Il était temps que Misty parte explorer le vaste monde !

J'arrivai à la gare une demi-heure avant le départ du premier bus. Le soleil se levait lentement sur la petite ville.

Cette balade matinale m'avait donné soif. Je déposai donc la cage de Misty sur le trottoir et fonçai vers le distributeur de sodas. Je m'apprêtais à glisser quelques pièces dans la machine quand un hurlement de freins résonna dans le hall désert.

Un gros camion venait de s'arrêter brusquement. Le chauffeur sauta de sa cabine, rouge de colère.

– C'était ton chat ? cria-t-il.

Je me précipitai vers lui, le cœur battant ; Misty mort, c'était la fin de mon supplice !

– Désolé, dit-il. Je n'ai pas pu l'éviter. Pourquoi l'as-tu laissé ?

Je ne trouvai rien à répondre. La cage était vide. Comment Misty avait-il pu sortir ? Cela resterait un mystère. Mais je n'étais pas fâchée que cette histoire se termine ainsi.

Cette nuit-là, je m'endormis d'un sommeil paisible. Blottie sous mes couvertures, je me laissai gagner par le sommeil, un sourire béat aux lèvres.

Mon bonheur fut de courte durée. Bientôt, j'entendis les voix chuchoter à mon oreille. Je me redressai en tremblant.

La comptine n'était plus la même. Cette fois, elle disait : « J'ai huit vies. Huit… J'aurai ce corps quand je perdrai la huitième. Cette vie est à moi, et la mienne est à toi. »

FIN

Présence dans les bois

1

– Oh non, Lucy ! Ça fiche en l'air tous nos projets ! se lamenta Jessica quand je lui appris la mauvaise nouvelle. Je ne peux pas croire que tu vas aller t'enfermer à… Ça s'appelle comment, déjà ?

– Bellevue, lâchai-je avec un profond soupir.

J'entortillais nerveusement le fil du téléphone autour de mes doigts.

– J'en pleurerais, poursuivis-je aussitôt.

Et, pourtant, je ne suis pas du genre à déprimer. Au point que ma copine Jessica se plaint parfois de ma bonne humeur perpétuelle.

Mais imaginez que vous deviez passer les vacances d'été chez une grand-tante, dans un patelin perdu, et vous comprendrez mieux mon désespoir. À Bellevue, il n'y a rien à voir, à part des tracteurs et des champs de maïs. Je suis persuadée que ce bled a plus de vaches que d'habitants.

J'espérais que la ville avait évolué depuis ma dernière visite, deux ans plus tôt. Je déchantai dès que la voiture de mon père s'engagea dans la rue principale. C'était aussi ennuyeux et terne que dans mes souvenirs. Une épicerie, une quincaillerie, une station-service et une minuscule bibliothèque. Fin de la visite… Mon père prit le chemin de terre qui menait à la petite maison de briques rouges de Tante Abigail. Parce que, en plus, ma grand-tante s'appelle Abigail…

Je contemplai le paysage en sortant de la voiture : des champs et des forêts à perte de vue.

Tante Abigail accourut à notre rencontre. Comme toujours, elle était vêtue d'une blouse à fleurs et de grosses chaussures de marche. Je la trouvai changée, elle : un peu plus vieille, plus ridée, plus maigre.

Elle nous enlaça chaleureusement, et mes parents la suivirent à l'intérieur pour prendre un thé.

J'en profitai pour sortir Misiek, mon chien, de la voiture afin qu'il explore le jardin. C'est un gros chien brun, d'origine indéterminée, qui adore être dehors. Mais là, bizarrement, il refusa de quitter le siège arrière et demeura tout penaud, la queue entre les jambes.

– Qu'est-ce qui te prend, Misiek ? m'étonnai-je.

Il avait l'air mort de peur. Il gémissait et restait blotti contre la banquette de la voiture.

Je réussis à l'attirer dehors en lui proposant un biscuit pour chien. Il se mit alors à tourner en rond comme un fou en poussant des aboiements furieux. Il y a une chose à savoir, à propos de Misiek : il n'aboie jamais. C'est un chien très bien dressé. C'est la raison pour laquelle mes parents avaient accepté qu'il m'accompagne à Bellevue pendant qu'ils s'envolaient pour l'Asie.

Dès cet instant, j'aurais dû soupçonner quelque chose d'anormal. Mais cela ne me mit pas la puce à l'oreille. Je pensai simplement qu'il était excité par le voyage.

Tante Abigail sortit sur le perron, alertée par le vacarme. Misiek était devenu fou. Il aboyait furieusement et montrait les crocs.

– Qu'est-ce qu'il a donc ? demanda ma grand-tante. Tu ferais mieux de l'attacher, Lucy.

Je ne voulais pas le faire, mais je dus m'y résoudre, car Misiek se comportait comme un chien enragé. Je le traînai par la laisse jusqu'au chêne qui trônait au milieu du jardin et je l'attachai fermement à une branche basse. Ensuite, je regagnai le porche en courant pour dire au revoir à mes parents.

– Tu vas nous manquer, ma chérie ! dit ma mère. Tu ne pourras pas nous joindre au téléphone, car nous serons sans cesse en déplacement. Mais nous t'appellerons dès que possible, et tu recevras plein de cartes postales.

Après de longues embrassades, mes parents reprirent la voiture pour aller à l'aéroport. Je leur adressai de grands gestes jusqu'à ce qu'ils disparaissent au bout du chemin. Je laissai échapper un long soupir. « C'est parti pour l'été le plus ennuyeux de mon existence », songeai-je avec dépit.

Je ne savais pas à quel point je me trompais !

2

Tante Abigail s'efforça de me remonter le moral.

– J'ai une surprise pour toi, Lucy, me dit-elle. J'ai préparé tes cookies préférés.

Des cookies ? Mmm ! J'avais presque oublié que ma grand-tante préparait les meilleurs gâteaux au monde. J'en pris un dans l'assiette qu'elle me présentait. Il était encore tiède : il sortait à peine du four. Je n'en fis qu'une bouchée. Il était tendre et fondant, mais quelque chose n'allait pas. Je lui trouvai un goût bizarre.

Était-il trop salé ? Tante Abigail avait-elle modifié sa recette ?

C'était étrange. D'ordinaire, ses cookies étaient toujours parfaits.

Comme elle me regardait, j'avalai le gâteau et prétendis qu'il était délicieux. J'en pris quelques autres que je glissai dans la poche de ma veste en jean.

– J'emmène Misiek en promenade, annonçai-je. Ça le calmera peut-être.

– Tu as raison, répondit ma grand-tante. Amuse-toi bien, mais surtout ne t'approche pas des bois, tu m'entends ?

Elle avait l'air inquiet. Sans discuter, je préférai lui promettre de lui obéir. Pourtant, c'était bizarre : jamais, lors de mes précédentes visites, elle ne m'avait lancé une telle mise en garde.

Misiek et moi fîmes une longue balade entre les collines boisées et les champs de maïs. Il avait retrouvé sa bonne humeur habituelle. Mais, à deux ou trois reprises, il s'arrêta net et se mit à aboyer sans raison apparente.

Ce soir-là, j'eus du mal à trouver le sommeil. Sans doute était-ce à cause de l'absence de Misiek dans ma chambre. Pour le punir de son comportement, Tante Abigail avait exigé qu'il passe la nuit dehors. D'habitude, il dormait au pied de mon lit.

J'entamai la lecture d'un livre, que j'abandonnai au bout de quelques pages. J'allai ouvrir la fenêtre pour contempler les étoiles.

C'est alors que je vis les points lumineux dans le ciel pourpre. Six sources de lumière, qui dessinaient un cercle.

Au début, je crus qu'il s'agissait d'étoiles très brillantes, mais je me rendis compte rapidement qu'elles se déplaçaient, descendant lentement vers le sol.

Comme je les contemplais, bouche bée, je les vis survoler les bois au fond du champ de ma grand-tante, et un gigantesque halo m'enveloppa, illuminant la chambre comme en plein jour.

Puis, peu à peu, elles s'enfoncèrent dans la forêt, et le ciel redevint noir.

Un frisson glacé me parcourut. Qu'est-ce que c'était ? Je sortis à pas feutrés dans le couloir et tapotai à la porte de ma grand-tante. Je l'appelai, mais elle a toujours eu le sommeil très lourd : impossible de la réveiller.

De retour dans ma chambre, j'entendis les aboiements furieux de Misiek dans le jardin. Je refermai ma fenêtre. Comment m'endormir après cela ?

– C'est quoi, ces lueurs au-dessus des bois ? demandai-je à ma grand-tante, dès le lendemain matin.

Elle plissa les yeux, et je crus un instant la voir rougir légèrement.

– Des lueurs ? De quelles lueurs parles-tu, chérie ? Comment veux-tu tes œufs ?

Pourquoi changeait-elle de sujet ? Je ne la laissai pas faire :

– Brouillés, s'il te plaît. Il y en avait six, qui formaient un cercle. Je te jure, c'était bizarre.

– Ne t'inquiète pas. C'étaient de simples halos lunaires dans le ciel, j'en suis sûre, dit-elle avec une pointe d'agacement dans la voix. As-tu pensé à nourrir ton chien ?

« Pourquoi passe-t-elle aussi vite à autre chose ? me demandai-je. Et pourquoi semble-t-elle aussi nerveuse ? »

Les œufs brouillés qu'elle me servit avaient un drôle de goût, et ils n'étaient pas aussi mousseux que d'habitude.

Après le petit déjeuner, je portai à Misiek une écuelle de croquettes et un bol d'eau. Je m'assis dans l'herbe près de lui. Je ne pouvais empêcher mon regard de revenir sans cesse sur les bois environnants. Espérais-je apercevoir quelque chose qui expliquerait le phénomène lumineux de la veille ?

Je me sentais toute bizarre rien que d'y repenser. Soudain, j'eus la nausée, un spasme de douleur me serra l'estomac.

Mes maux de ventre s'aggravèrent quand ma grand-tante nous conduisit en ville, où elle voulait faire des courses.

Mais, là encore, quelque chose d'étrange arriva : ma grand-tante, d'ordinaire si prudente, se mit à rouler comme une folle furieuse ! Elle manqua d'écraser la boîte aux lettres dès la sortie du garage et fonça droit devant elle sans respecter le moindre stop. Je m'accrochais au tableau de bord, trop terrifiée pour hurler.

Je retrouvai l'usage de ma voix quand elle se gara dans la rue principale de Bellevue.

– Tante Abigail ! lâchai-je dans un cri. Qu'est-ce qui t'arrive ? Pourquoi conduis-tu comme ça ?

– Comme quoi ? demanda-t-elle, l'air innocent.

Le chemin du retour fut encore pire. Tante Abigail brûla deux feux rouges, faillit s'encastrer dans une voiture à l'arrêt et effraya un pauvre fermier perché sur son tracteur en l'évitant au dernier moment. Arrivée devant chez elle, Tante Abigail se tourna vers moi avec un grand sourire, comme si de rien n'était.

Le cœur dans la gorge, je sortis du véhicule en titubant et je me dirigeai vers Misiek. Il bondit sur moi en agitant joyeusement la queue. Mais son attitude changea brusquement quand il aperçut ma grand-tante : il se mit à grogner et à tirer sur sa laisse comme s'il voulait la casser.

« Que se passe-t-il ici ? m'inquiétai-je. Pourquoi tout est si étrange, si différent ? »

3

Cette nuit-là, j'aperçus de nouveau les lueurs. Plus brillantes que la veille, elles planaient lentement au-dessus des bois.

Tandis que je pressais mon visage contre la vitre, il me vint une pensée effrayante : ces lueurs ressemblaient en tout point à celles du vaisseau spatial de mon film préféré, *La chose venue de l'espace*.

Je m'efforçai aussitôt de trouver une explication rationnelle à ces apparitions. Les lumières de la ville ? Pas à Bellevue. Un avion ? Il n'aurait pas pu faire du sur-place. D'ailleurs, je n'avais jamais vu d'avion avec des lumières aussi vives.

Les extraterrestres avaient envahi Bellevue et ils atterrissaient dans les bois près de la maison de ma grand-tante ! Il n'y avait pas d'autre explication ! À cette idée, je fus parcourue par un frisson d'effroi. Avaient-ils aussi pris possession de l'esprit de Tante Abigail ?

Misiek se mit à aboyer dans le jardin. Les chiens ont un sixième sens, je le sais. Le mien avait compris que Tante Abigail était possédée par un extraterrestre. C'est pourquoi il grognait dès qu'elle apparaissait.

Brusquement prise de panique, je m'écartai de la fenêtre.

Et si les extraterrestres voulaient s'emparer de moi aussi ? Et si j'étais la prochaine sur leur liste ?

Je devais fuir cet endroit au plus vite. Mais pour aller où ?

Mes parents étaient à des milliers de kilomètres de là. Peut-être devrais-je appeler ma meilleure amie, Jessica ? Non, elle croirait à une blague. Et puis, comment pourrait-elle me venir en aide ?

Il me fallait quelqu'un dans les environs... La police ! Je descendis les escaliers à pas feutrés et me dirigeai à la cuisine pour y téléphoner. Tante Abigail — ou la chose qui avait pris sa place — s'y trouvait déjà.

Comme elle me tournait le dos, elle ne s'était pas aperçue de ma présence. Je pus entendre ce qu'elle disait :

– Ne vous inquiétez pas. Ma nièce ne sait rien... Oui, oui... Je l'ai prévenue de ne pas s'approcher des bois. Je vais faire en sorte que tout se passe bien jusqu'à demain soir. Après, tout sera terminé...

Je sentis une sueur glacée tremper ma nuque, et des démangeaisons courir le long de mes bras. C'est toujours comme ça quand je suis très nerveuse.

« Tout sera terminé » : que voulait-elle dire ? Parlait-elle de l'invasion des extraterrestres ? Allaient-ils nous enfermer dans des cages, Misiek et moi, et nous conduire sur leur planète ?

Je fonçai vers l'escalier. Hélas, dans ma précipitation, je fis craquer la première marche. Le son résonna dans la nuit comme une détonation.

Tante Abigail tourna vivement la tête vers moi.

Je réprimai un cri d'horreur : le visage de ma grand-tante scintillait d'un éclat verdâtre !

– Lucy ? Tu ne dors pas ? me demanda-t-elle.

Elle avança de quelques pas vers moi. J'eus un mouvement de recul. Ma grand-tante me terrifiait.

– Je... je retourne me coucher, bredouillai-je en remontant à la hâte.

Je regagnai ma chambre et fermai la porte derrière moi. Je tremblais de tous mes membres. Je m'attendais à ce que ma grand-tante, enfin... ce quelqu'un, remonte d'une seconde à l'autre et fasse irruption dans la pièce. Mais un profond silence régnait dans le couloir. Tante Abigail s'était sûrement couchée.

Je ne pouvais pas rester une minute de plus dans cette maison, avec cette créature de l'espace !

J'enfilai rapidement un jean et un T-shirt. Je devais me rendre au poste de police, l'avertir de la présence des extraterrestres. Mais me croirait-on ?

« Je vais d'abord aller dans les bois et savoir où ils se cachent, décidai-je. Ensuite, je saurai convaincre la police. »

Ce n'était sans doute pas l'idée du siècle, mais, sur l'instant, ce fut la seule qui me vint.

Je poussai la porte et regardai à droite et à gauche. La voie était libre. Je descendis lentement l'escalier, tous les sens en alerte, et me faufilai dehors par la porte située à l'arrière de la maison. Sans doute, j'aurais dû emmener mon chien avec moi, mais je me trouvais dans un tel état de panique que j'étais incapable de réfléchir correctement.

Je traversai le champ de ma grand-tante au pas de course en direction des bois. Pourvu qu'elle ne m'aperçoive pas ! De gros nuages noirs masquaient la lune et les étoiles. La chance était avec moi !

Je gagnai sans encombre la haie et la traversai en m'égratignant un peu. La campagne silencieuse était plongée dans les ténèbres. J'étais déjà dans les sous-bois.

La forêt était sombre, et il y régnait une chaleur moite qui collait à la peau. J'eus l'impression d'entrer dans une jungle. Je n'avais pas trouvé de sentier, et je dus me frayer un chemin entre les branches basses. Je progressais à tâtons, trébuchant sur des souches et m'enfonçant parfois jusqu'aux chevilles dans l'humus spongieux qui tapissait le sol.

Tout en avançant, je perçus des bruissements tout autour de moi. Étais-je suivie ? M'observaient-ils déjà ?

Je m'arrêtai un instant pour reprendre mon souffle quand une vive lumière apparut devant moi.

J'eus un mouvement de recul. Fuir ! Le plus vite possible !

Mais ça ne résoudrait rien. Il fallait que j'en sache plus. Prenant mon courage à deux mains, je marchai vers la lumière en me dissimulant derrière de larges troncs. Malheureusement, les arbres devenaient plus rares, et je débouchai bientôt dans une vaste clairière.

Quels étaient ces bruits ? Étaient-ce des voix ? Humaines ou extraterrestres ? Je cherchai du regard une cachette ; en vain. Soudain, toutes les lumières se focalisèrent sur moi, m'emprisonnant dans un faisceau aveuglant.

Je levai les bras pour protéger mes yeux. J'étais tétanisée de terreur, comme un animal pris dans les phares d'une voiture.

– Qu'on me l'amène ici ! ordonna brusquement une voix grave.

4

Des mains puissantes s'abattirent sur mon épaule. Je tentai de me débattre. Peine perdue ! Mes ravisseurs étaient trop forts.

– Non ! hurlai-je. Je ne veux pas être enlevée ! Laissez-moi !

– Coupez les projecteurs ! lança une autre voix.

La lumière aveuglante s'éteignit d'un coup, et j'entrevis de petites lueurs qui m'environnaient. Le temps que mes yeux s'habituent à la pénombre, un homme m'avait rejointe. Il portait une casquette de baseball, des jeans et un polo à manches longues.

– Je ne sais pas pourquoi tu hurles, dit-il. On ne débarque pas ainsi sur un tournage ! Tu viens de gâcher une prise que l'on a mis trois heures à préparer.

Quoi ? Un tournage ? Je voulus répondre, mais aucun son ne sortit de ma bouche.

– Nous avions pourtant demandé aux gens de la région de rester à l'écart des bois, poursuivit l'homme.

C'est notre dernier jour. Tout sera terminé demain.

– Un film ? lâchai-je, abasourdie.

Je cherchai à rassembler mes esprits quand des aboiements s'élevèrent dans l'obscurité.

– Les chiens sont prêts, annonça une jeune fille avec un bloc-notes.

Elle porta un sifflet à ses lèvres et souffla dedans. Je n'entendis aucun son. Les chiens se mirent pourtant à aboyer plus fort.

« Voilà pourquoi Misiek aboyait sans raison apparente ! me dis-je. Il entendait les ultrasons en provenance des bois. »

Tout s'expliquait, à présent. Les lueurs étranges ; ma grand-tante me demandant de ne pas m'approcher de la forêt et disant au téléphone que tout serait fini demain soir…

– Je suis désolée, dis-je. Vraiment désolée…

Je me sentais tellement stupide ! Je bafouillai de vagues excuses et repartis en courant à la maison.

Ma grand-tante m'attendait sur le pas de la porte, le visage creusé par l'inquiétude.

– Où étais-tu passée, Lucy ? J'ai failli appeler la police.

Les mots jaillirent en cascade :

– J'ai vu les lumières. Et Misiek avait un comportement bizarre. Et tu avais la peau verte. Et tu conduisais comme une dingue. Et tes cookies avaient un drôle de goût. Et… et…

Je me mis à sangloter nerveusement. Ma grand-tante me serra contre elle jusqu'à ce que je retrouve mon calme. Elle s'écarta alors légèrement et dit avec un petit rire :

– Je ne pensais pas que mon masque de beauté aux concombres était aussi effrayant !

Moi aussi, je me mis à rire à travers mes larmes.

– J'aurais dû t'avertir qu'un tournage se déroulait dans les bois, reprit-elle en secouant la tête. Mais comme le film se termine demain, j'ai voulu t'éviter la déception : on n'a pas le droit de s'approcher, on ne peut même pas apercevoir les acteurs.

J'allais intervenir quand elle m'interrompit d'un geste.

– Je dois aussi t'avouer quelque chose, m'annonça-t-elle doucement. J'ai égaré mes lunettes peu de temps avant ton arrivée. Et j'ai essayé de me débrouiller sans elles.

– C'est pour ça que tu conduisais si bizarrement ? m'écriai-je.

– Oui. Et ma cuisine a dû s'en ressentir aussi. J'ai du mal à doser les ingrédients…

– Pourquoi tu ne me l'as pas dit ? Quand je pense que je t'ai prise pour une créature de l'espace ! avouai-je en souriant.

– Toi, tu regardes trop de films ! me gronda-t-elle, amusée.

Elle avait raison. Je m'étais comportée comme une idiote.

Nous partageâmes une tasse de chocolat chaud à la cuisine. Il avait un drôle de goût, mais je ne fis aucun commentaire. En regagnant ma chambre, je constatai que la température avait baissé.

Comme j'aime bien dormir avec la fenêtre ouverte, j'allai chercher une couverture supplémentaire dans l'armoire. À l'instant où je m'en emparais, les lunettes de ma grand-tante tombèrent de la pile de linge.

« Super ! pensai-je. Elle n'aura même pas besoin d'en acheter de nouvelles pour faire de bons cookies. »

Je les ramassai et sortis dans le couloir.

– Tante Abigail ! lançai-je.

La porte de sa chambre était entrebâillée. J'aperçus sa silhouette près de la fenêtre.

– Regarde, Tante Abigail ! J'ai retrouvé tes...

Les mots s'étouffèrent dans ma gorge quand elle se tourna vers moi.

Quatre tentacules visqueux jaillissaient de ses flancs. Sa peau scintillait d'un éclat verdâtre à la lumière de la lampe de chevet. Les trois lèvres de sa bouche en triangle s'ouvrirent sur une langue bleue, qui se déroula tel un serpent.

– Oh ! Tu as retrouvé mes lunettes ! croassa-t-elle en agitant ses tentacules. Merci bien, Lucy !

FIN

P.S. : surtout, ne réponds pas

1

Le camp des Collines du lac. Ma nouvelle colonie de vacances. C'était un endroit génial.

J'y étais depuis huit jours. Au bâtiment 14. Et je m'éclatais.

Les gars de mon groupe adoraient faire des blagues stupides. Ils étaient super !

Par contre, Sam, notre moniteur, n'était pas un rigolo. Il mesurait près de deux mètres et avait un ventre énorme, qui débordait par-dessus son ceinturon. Il avait de grosses moustaches grises et un crâne lisse comme une boule de billard. Personne ne l'avait jamais vu sourire.

De toutes les activités du camp, je préférais de loin le base-ball. Avec les copains de mon dortoir, on formait la meilleure équipe de la colo. Et vous savez quoi ? Les autres m'avaient élu meilleur lanceur, alors que j'étais le plus jeune. Je n'ai que douze ans ! Franchement, ce camp était génial.

Il y avait juste un petit problème : pendant toute cette semaine, je n'avais pas reçu de courrier.

C'était étonnant. L'année dernière à la même époque, mes parents m'avaient déjà envoyé quatre lettres et un colis de friandises.

Mais, cette année, c'était le grand désert. Pas même une carte postale !

C'est pourquoi ce jour-là, quand Sam distribua le courrier, je fus parmi les premiers à sortir du bâtiment. Aujourd'hui, c'était sûr, j'allais recevoir quelque chose !

Sam tira une poignée de lettres de sa besace et commença l'appel :

Don Benson ! Mark Silver ! Patrick Brown !

Mes copains se précipitèrent pour récupérer leurs lettres. À la fin de la distribution, Don en avait six.

– Hé les gars, vous en avez reçu combien ? lança-t-il, de retour dans le dortoir.

Jeremy agita trois enveloppes, et Patrick nous montra fièrement le dernier numéro du magazine des X men, que son père lui avait envoyé.

Et moi, rien !

– Je n'y crois pas ! grognai-je. Ma mère avait dit qu'elle m'écrirait souvent !

Je n'étais pas vraiment fâché, juste contrarié. Je ne devais pas être le seul à ne pas recevoir de courrier, mais mes parents avaient promis.

Trois jours plus tard, j'étais toujours sans nouvelles. Je demandai à Sam de vérifier au bureau de poste. Il me dit qu'il s'en chargerait. La poste locale est tenue par Mme Mildred. Elle s'occupe du courrier depuis cinquante ans et n'a jamais égaré la moindre lettre. Du moins, c'est ce qu'elle prétend.

Je me mis à imaginer les choses les plus folles : mes parents m'avaient peut-être écrit à la colo où j'étais l'année dernière ; ou alors, il y avait eu un tremblement de terre et ils étaient restés coincés dans la maison...

Finalement, je décidai de téléphoner chez moi. Je voulais savoir ce qui se passait. Le lendemain, après la distribution, j'allai voir Sam :

– Sam, j'aimerais appeler chez moi.

– Pas de coups de téléphone aux parents, sauf en cas d'urgence, dit-il en secouant la tête. C'est le règlement.

– Il y a urgence ! insistai-je.

Mais Sam demeura intraitable.

Le jour suivant, après la piscine, mon équipe retourna au dortoir pour se changer. Nous avions un match contre l'équipe du bâtiment 13.

– Le courrier ! cria Sam tandis que j'achevais de nouer mes lacets.

Je me ruai dehors. Sam ouvrait sa besace.

– David Stevenson ! lança-t-il en sortant une enveloppe froissée. C'est ton jour de chance ! Mme Mildred l'a retrouvée au fond d'un tiroir. Elle ne sait pas comment elle a atterri là, et elle va voir s'il n'y en a pas d'autres.

Je lui arrachai la lettre des mains et la décachetai d'un geste fébrile.

2

Cher David,

Hélas, nous ne pourrons pas venir te voir le jour des visites. Ta sœur regrette ton absence. Nous nous reverrons en août.

Papa et maman.

P.S. : Surtout, ne nous écris pas.

Quoi ? Qu'est-ce que ça voulait dire ? Je tournais la lettre dans tous les sens, lançant des regards suspicieux à la ronde. Était-ce une blague de mes copains ? Ils étaient tous plongés dans leur courrier et personne ne s'occupait de moi.

J'allai m'asseoir sur mon lit et relus ma lettre.

« Nous ne pourrons pas venir te voir le jour des visites. »

C'était impossible ! Ils avaient promis ! Ils venaient toujours.

« Ta sœur regrette ton absence. »

Ça, c'était n'importe quoi. Carly, ma grande sœur, avait dansé de joie le jour de mon départ.

Mais le plus étrange était sans doute le post-scriptum. « Ne nous écris pas » ? Pourquoi ma mère demandait-elle une chose pareille ? Elle prétendait qu'elle adorait lire mes lettres !

Une boule d'angoisse me noua la gorge et j'eus brusquement envie de pleurer. Mais je ne le fis pas… avant le lendemain.

Une autre lettre arriva l'après-midi suivant. Ouf ! J'allais sûrement avoir une explication. Je déchirai l'enveloppe.

Cher David,

Nous allons t'envoyer vivre chez ton grand-oncle John. Il viendra te chercher le 27. Nous pensons que c'est mieux ainsi.

Papa et maman.

P.S. : Ne nous écris pas.

Quoi ? Je parcourus de nouveau la lettre. La feuille tremblait dans mes mains. Pourquoi m'envoyaient-ils chez mon grand-oncle John ? Il a quatre-vingt-sept ans, et il vit en maison de retraite !

Je levai les yeux vers les arbres environnants, et tout se mit à tourner. Un frisson glacé m'envahit et mes yeux se remplirent de larmes.

Je bondis sur mes pieds et courus à perdre haleine vers le bureau du camp. La porte était fermée.

Je jetai un coup d'œil par la fenêtre : il n'y avait personne à l'intérieur. Je repérai aussitôt le téléphone, accroché au mur. Je devais absolument l'atteindre. Je regardai autour de moi : j'étais seul. Bien. Je poussai la fenêtre et pénétrai dans le bureau.

Je me précipitai sur l'appareil et composai le numéro de mes parents.

À la troisième sonnerie, mes paumes devinrent moites, et mon front se couvrit de sueur.

– Allez ! Décrochez ! gémis-je en me balançant d'un pied sur l'autre. Vite !

À la quatrième sonnerie, j'entendis enfin la voix de ma mère.

– Maman ! Qu'est-ce qui se passe ?

– … Nous sommes absents pour l'instant. Veuillez nous laisser un message après le signal sonore… Oh non ! J'étais tombé sur le répondeur ! J'entendis des bruits à l'extérieur. Ils s'approchaient du bureau. Pas le temps de laisser un message !

Je me jetai vers la fenêtre et sautai dehors. Je regagnai mon bâtiment au pas de course. À l'instant où j'allais entrer dans mon dortoir, la porte s'ouvrit en grand.

Sam était là. Il me toisa, le visage sombre.

– Tu vas avoir des problèmes, Stevenson ! rugit-il.

– Mais…, balbutiai-je.

– Tu es en retard ! La grande chasse au dahu, dans les bois, tu t'en souviens ? Rejoins vite ton groupe ! Sur ces mots, il dévala les marches et s'éloigna.

La grande chasse au dahu ! Une promenade au fond des bois, suivie d'un feu de camp. Et enfin, la grande chasse, en pleine nuit. Préoccupé par mes histoires de famille, j'avais oublié un des temps forts de ces vacances !

J'ouvris précipitamment mon casier et pris le matériel nécessaire : un sac à dos, un pull pour le soir, une lampe torche. Tout en fouillant dans mes affaires, je repensai à mes parents. Comment pouvaient-ils me faire une chose pareille ?

Et c'est alors que mes yeux tombèrent sur l'enveloppe de ma lettre d'aujourd'hui. Je relus l'adresse : David Stevenson. Camp des Collines du parc.

Mais bien sûr ! Pourquoi ne l'avais-je pas remarqué avant ? Moi, j'étais au camp des Collines du lac, et le camp des Collines du parc se trouvait sur l'autre rive du lac.

Tout devint clair pour moi : ces lettres n'étaient pas pour moi ! C'était aussi simple que ça. Je poussai un profond soupir de soulagement. Il devait y avoir un autre David Stevenson là-bas. Et il avait probablement reçu mes lettres !

Je fermai mon sac à dos et quittai le bâtiment. Je savais ce que j'allais faire. Pendant que les autres se baladeraient dans les bois, moi, je traverserais le lac et rendrais une petite visite à l'autre Stevenson, au camp des Collines du parc.

3

Quand Sam donna le signal de la grande chasse, je profitai de l'obscurité pour fausser compagnie à mon groupe et me faufiler vers l'embarcadère.

Les barques de la colonie se balançaient mollement sous les rayons de la lune. Je grimpai dans l'une d'elles.

Penché sur le bord, je saisis la chaîne qui maintenait l'ancre. Elle paraissait bien lourde. Je la tirai à deux mains… et elle remonta plus facilement que je l'avais pensé.

L'ancre jaillit hors de l'eau et atterrit au fond de la barque avec un bruit sourd.

Déstabilisé, je chutai en arrière, et le bateau se mit à tanguer dangereusement. Je me raidis, craignant qu'on me surprenne.

Le silence retomba sur le lac.

Poussant un soupir de soulagement, je m'emparai des rames et m'éloignai du bord.

Les lumières du camp diminuaient à mesure que

je progressais sur le lac. Je me retournai vers l'autre rive. Il n'y avait qu'une épaisse forêt éclairée par la lune. Je ne repérai aucune lueur dans les bois et commençai à regretter mon escapade.

Il fallait pourtant que j'atteigne l'autre rive. Je devais absolument récupérer mon courrier.

J'accélérai l'allure jusqu'à ce que mes bras deviennent douloureux. Le bruit des rames fendant les eaux déchirait le silence nocturne et résonnait dans ma tête comme des explosions.

Enfin, j'aperçus un embarcadère.

Je jetai l'ancre et me hissai sur le ponton. Les planches vermoulues grincèrent sous mon poids.

« Où se trouve le chemin ? » me demandai-je en balayant les buissons du faisceau de ma lampe.

Je m'enfonçai au jugé dans l'obscurité, me frayant un chemin entre de hautes herbes qui me fouettaient les mollets.

Soudain, ma lampe éclaira un large panneau de bois. Je parvins à déchiffrer les mots « Camp des Collines du parc ». L'enseigne était à moitié effacée. Qu'importe. J'avais trouvé ce que je cherchais.

Je scrutai l'obscurité au-delà du panneau et distinguai les masses sombres des bâtiments.

Où se trouvaient leurs occupants ? Pourquoi n'y avait-il aucune lumière ?

Étrange !

J'avançai vers le bâtiment le plus proche. Je vis un garçon très maigre, qui devait avoir mon âge, accroupi sous le porche. Il leva les yeux.

– Excuse-moi, bredouillai-je. Est-ce qu'il y a un David Stevenson dans ce camp ?

Il leva son bras décharné en direction de la porte sombre qui menait à l'intérieur de la bâtisse.

– Merci, dis-je.

Je ne bougeai pas pour autant. Cet endroit était tellement sinistre que je n'avais plus qu'une envie : retrouver ma colo au plus vite.

« Continue, me dis-je pour m'encourager. Tu dois récupérer tes lettres. »

Je passai donc devant le garçon et poussai la porte. Ma lampe torche éclaira une pièce vide.

« Je file, décidai-je. Cet endroit est vraiment trop bizarre. »

J'allais tourner les talons quand je repérai un mouvement sur ma gauche. Quelqu'un était caché dans un coin d'ombre.

– Qui… qui est là ? lançai-je, sur mes gardes.

– Qu'est-ce que tu veux ? répondit une voix éraillée.

– Euh… Je cherche David Stevenson.

– Tu l'as trouvé, répondit-il sèchement.

Je braquai ma lampe en direction de la voix et éclairai un garçon malingre, aux longs cheveux bruns et portant des vêtements en haillons.

– Qu'est-ce que tu veux ? répéta-t-il en me décochant un regard mauvais.

Je ne pus lui répondre, l'ambiance des lieux était trop angoissante et mon cœur battait à tout rompre.

– Qu'est-ce que tu veux ?

J'avalai ma salive avant de répondre :

– J'ai ton courrier.

Il fronça les sourcils et son expression devint franchement menaçante :

– Mon quoi ?

Je sortis les lettres de mon sac et je les lui tendis.

– C'est ton courrier, expliquai-je. Des lettres de tes parents. J'aimerais que tu me donnes les miennes, si tu les as.

– Qui es-tu ? lança-t-il en avançant vers moi.

– Je m'appelle David Stevenson, répondis-je. Je suis…

– Va-t'en ! cria-t-il en serrant les poings. Ils ne doivent pas savoir que tu es là !

« Ouah ! me dis-je en reculant d'un pas. Ce type est complètement fou ! »

– Écoute, essayai-je de parlementer. J'aimerais récupérer mes lettres. Je partirai ensuite…

– Va-t'en ! hurla-t-il d'une voix suraiguë. Sauve-toi vite !

4

Cette fois, je n'insistai pas et quittai le bâtiment en courant. Je remarquai au passage que le garçon qui s'était tenu à l'entrée avait disparu.

J'errai quelque temps dans la colonie, qui semblait abandonnée. Les herbes m'arrivaient au genou. Soudain, je sentis une odeur familière. Un feu de camp crépitait non loin de là.

Je me dirigeai vers la lumière et m'accroupis derrière un rocher. J'écarquillai les yeux : des centaines d'enfants étaient assis autour du feu. Ils se donnaient tous la main et se balançaient d'avant en arrière en gémissant.

Un frisson d'angoisse me parcourut le dos.

« Quel est donc cet endroit ? » me demandai-je.

Je me levai pour fuir quand une main squelettique se referma sur mon bras.

C'était le garçon du porche ! Il m'entraîna sans ménagement vers le feu, une lueur mauvaise dans ses yeux.

Je tentai vainement de me dégager de sa poigne de fer.

Les enfants réunis autour du feu de camp se tournèrent vers nous sans cesser de gémir. Ils avaient le regard absent, comme s'ils étaient en transe.

Ils ouvrirent le cercle pour nous laisser passer et la chaleur du brasier m'atteignit en pleine face.

Je sus alors ce qui allait se passer : ce garçon allait me jeter dans les flammes !

– Non ! Pas ça ! hurlai-je en me débattant de toutes mes forces.

Le garçon finit par lâcher prise, et je m'enfuis en courant.

La peur me donna des ailes. Je rejoignis le ponton et bondis dans la barque. Je traversai le lac sans m'arrêter, et regagnai ma colo tout essoufflé.

Sam faisait les cent pas devant mon bâtiment.

– Sam ! Sam ! m'écriai-je, hors d'haleine.

– Stevenson ! Où étais-tu ? Les autres te cherchent partout ! Et tes parents ont appelé. Ils doivent…

– Écoute-moi, Sam, l'interrompis-je. Je dois te raconter une chose horrible…

Et là, je déballai toute l'histoire : le camp, l'autre David Stevenson, les enfants qui gémissaient autour du feu et ce garçon d'une maigreur effrayante qui avait voulu me jeter dans les flammes.

– Qu'est-ce que tu racontes, David ? s'étonna Sam. Nous sommes la seule colonie installée sur les rives du lac.

– Non, Sam ! C'est faux ! insistai-je. Je l'ai vu ! C'est le camp des Collines du parc !

Sam se frotta le menton d'un air pensif :

– Il y avait bien une colo sur l'autre rive. Mais un incendie a ravagé les bâtiments, il y a une trentaine d'années.

– C'est impossible ! m'écriai-je. Viens, je vais te montrer.

Je me retournai pour partir, mais Sam me retint par le bras :

– Il est trop tard. Nous tirerons cela au clair demain matin.

– Mais…

– Nous en reparlerons demain, trancha-t-il d'un ton sans appel. Maintenant, tu montes te coucher.

Je regagnai mon dortoir en ronchonnant :

– Je sais ce que j'ai vu !

Je pris mes lettres et ma lampe torche et m'enfouis sous les couvertures pour ne pas réveiller mes voisins de chambre.

– Je ne suis pourtant pas fou ! murmurai-je. C'est bien marqué là : David Stevenson. Camp des Collines du parc.

C'est alors que je remarquai un détail qui me laissa sans voix.

Le cachet de la poste !

Il portait la date du 10 juillet… 1970.

FIN

Chair de poule®

1. La malédiction de la momie
2. La nuit des pantins
3. Dangereuses photos
4. Prisonniers du miroir
6. La maison des morts
7. Baignade interdite
8. Le fantôme de la plage
10. La colo de la peur
14. Le pantin maléfique
16. Le fantôme d'à côté
19. Leçon de piano et pièges mortels
21. Terreur sous l'évier
22. La colère de la momie
23. Le retour du masque hanté
24. L'horloge maudite
25. Le parc de l'horreur
26. La fille qui criait au monstre
28. La rue maudite
29. Le fantôme décapité
30. Alerte aux chiens
32. Les fantômes de la colo
36. Jeux de monstres
38. Des appels monstrueux
45. Danger, chat méchant !
46. La bête de la cave
47. L'école hantée
50. La peau du loup-garou
51. Le jumeau diabolique
52. Un film d'horreur
53. L'attaque des spectres
54. La fête infernale
55. L'invasion des extraterrestres, I
56. L'invasion des extraterrestres, II
57. Le manoir de la terreur
58. Cauchemars en série
59. Ne réveillez pas la momie !
60. Un loup-garou dans la maison
61. La bague maléfique
62. Retour au parc de l'Horreur
63. Concentré de cerveau
64. Sous l'œil de l'écorcheur
66. Mort de peur
67. La voiture hantée
68. La fièvre de la pleine lune
69. Kidnappés dans l'espace !
70. L'attaque aux œufs de Mars
71. Frissons en eau trouble
72. Les vacances de l'angoisse
73. La nuit des disparitions
74. Le fantôme du miroir